这里是新疆丛书

西部的天空

侯文基 ◎ 著

新疆文化出版社

图书在版编目（CIP）数据

西部的天空 / 侯文基著. — 乌鲁木齐：新疆文化
出版社，2024.6
（这里是新疆丛书）
ISBN 978-7-5694-4328-8

Ⅰ.①西… Ⅱ.①侯… Ⅲ.①诗集—中国—当代
Ⅳ.①I227

中国国家版本馆CIP数据核字（2024）第015686号

西部的天空
XIBU DE TIANKONG

著　者／侯文基

出 品 人　沈　岩　　　　　　　责任印制　刘伟煜
策　　划　王　族　　王　荣　　装帧设计　李瑞芳
责任编辑　尚　坤　　　　　　　版式制作　程双双

出版发行　新疆文化出版社有限责任公司
地　　址　乌鲁木齐市沙依巴克区克拉玛依西街1100号（邮编：830091）
印　　刷　永清县晔盛亚胶印有限公司
开　　本　787 mm×1 092 mm　1/16
印　　张　17
字　　数　84千字
版　　次　2024年6月第1版
印　　次　2025年1月第2次印刷
书　　号　ISBN 978-7-5694-4328-8
定　　价　53.00元

序

在我几十年的新疆生活和工作中,我深刻感受到这片土地的雄奇、辽阔和美丽。新疆不仅拥有壮丽的自然风光,还承载着悠久的历史和丰富的人文。作为一个新疆沙湾人,我对这片热土有着一往情深的感情。

《西部的天空》是我近年来写下的许多诗篇的集结,它们流淌着我对新疆以及家乡沙湾的深深热爱和对美好未来的希冀。每一首诗都是我用文字记录下心中的感受和思考,通过抒发情感来表达对这片热土的敬意和热爱。

西部的天空宽广辽阔,给予我无限的想象力和追求。每当夕阳余晖洒满大地,那一抹绚丽的光芒仿佛点亮了我内心对美好生活的渴望。新疆风景如画,雄奇的雪山、广袤的草原、湛蓝的湖泊、整洁的城乡、美丽的田园,它们将我深深吸引,激发了我创作的灵感和激情。

作为新疆人,我见证了这片土地的巨大变迁。尤其是在中央第三次新疆工作座谈会之后,一个依法治疆、团结稳疆、文化润疆、富民兴疆、长期建疆的局面蔚成大观，努力建设团结和谐、繁荣富裕、文明进步、安居乐业、生态良好的新疆，已成为各族人民群众共同的追求，日新月异的发展，人民的生活越来越好。勤劳而勇敢的新疆人民以其智慧和汗水，创造出一个又一个奇迹，在改革开放的道路上坚定前行，不断追求进步和幸福。

《西部的天空》诗集中的每一首诗都是我对新疆这片热土的真挚赞美和热烈祝福。踏着新时代的节拍，我捕捉着新疆大地的韵律，感受着这片土地的动人之处。诗集展现了新疆多元的文化、宏伟的自然景观，以及新疆人民追求幸福的坚韧和热情。

希望这本诗集能够带领读者一同踏上探索新疆的旅程，感受新疆的壮丽与独特。无论是站在雪山之巅，漫步在茫茫草原上，还是游走在城乡或田园，我们都能深切体会到新疆的辽阔和宏大，丰富与多彩，感受到人民生活得平安、幸福与美好。

最后，我由衷地邀请您来到《西部的天空》下，与我一同领略这片美丽的土地，共同品味新疆人的淳朴、热情与追求。愿这本诗集成为您思考人生、领略自然、感悟生活的迷人指南，带给您一份深入心灵的洗礼和启迪，让我们共同沐浴在诗意的光芒下，发现更多生活的美好与希望。

2023 年 11 月 21 日于沙湾

目　录

第一辑

远方那片云

扫码查看

☑ 阅好书
☑ 遇好物
☑ 沐书香
☑ 抒诗情

我遥远的故乡

我的爱已经病入膏肓
即使华佗再世
也难以疗救那深深的暗伤

我熟悉插入晴空的那一柄凌凌长剑
是天山把大地切割为
南疆北疆　三山夹两盆
盛满无数稀世宝藏
无边戈壁有铁驼安卧的形象
随风满地石乱走
已是过往的凄凉
甘冽的雪水来自天上

浇灌的瓜果飘香

生活远不止抓饭包子骨头汤

交通犹如密织的蛛网

随时随地可以奔赴世界任何地方

黑眼睛　长睫毛

扎着满头小辫子的维吾尔族姑娘

镶着珠玉的彩裙在风中飘扬

那甜蜜的笑声　歌声

像品类繁多的新疆干果一样

维吾尔族大叔欢聚在葡萄架下

轻轻把冬不拉弹响

幸福像坎儿井一般汩汩流淌

喷喷香的油馕　如花朵　更像太阳

映照着一张张幸福脸庞

烤全羊　烤骆驼

一再上榜吉尼斯纪录

塔里木河滚滚流淌

流向大漠深处　河水流经之地

生长着大漠胡杨　它们三千年不死

死后三千年不倒　倒后三千年不腐

那永不屈服的精神万古流芳

塔克拉玛干沙漠中　铁流奔腾

准噶尔沙漠开垦出万顷良田

自古以来的不毛之地

演绎着沙退人进的奇迹辉煌

汗水的油彩　描绘出一派崭新画廊

罗布人早已不打鱼晒网

村寨已成为旅游者长久的渴望

太阳形木桩围成的图形

尽管还诉说远古的荒凉　而那神秘

已幻变为喜悦打探的目光

高昌故城的厚重土墙

斜阳下

只吐露遥远的苍凉

克孜尔千佛洞的壁画

潜藏着敦煌飞天的飘逸形象

古老的文化在这里碰撞

在火焰山下闪耀悠远光亮

博物馆中的恐龙化石

传达着沧海桑田的微光

张骞出使西域的脚步

左宗棠植柳的地方

让库木塔格成为游乐天堂

玉出昆仑　天下吉祥

羊脂玉不只是佩戴在美人身上
阿尔泰的黄金　成就了
多少代淘金者的梦　而今
才真正大放光芒　造福一方

我所熟悉的山脉　无不彰显着
雄性光芒　昂首天外　怀揣
终年不化的冰雪　那是我们
挺起坚强不屈的脊梁　顶天立地
滋养着青青草原牧场
江河流淌珠玉　牧场白云飞翔
珍珠般散落的毡房　统领白云般的牛羊
巴音布鲁克草原　内蒙古草原　巩乃斯草原
都是我脚步到过的地方
骏马奔驰　牛羊肥壮　静谧安详
古老的传说在歌谣中传唱
英雄史诗是一代代牧人的精神滋养
成吉思汗铁骑喂马的地方
东归英雄至死不渝返回故乡
一代代勤劳勇敢的民族　守边固疆
建设着美丽富饶的家园
把忠诚和纯朴写在辽阔的大地上

我所熟悉的面孔

年老的　年轻的

他们质朴善良的模样

已经深深地刻在我心上

他们的热情　真诚　豪爽

曾滋养我成长

无论岁月漫长

都在血液里流淌　终生难忘

几十年的雪雨风霜　我们甘苦与共

数十载的起伏跌宕　我们相扶相帮

我们相濡以沫　襟怀坦荡

共同度过多少艰难困苦的时光

件件桩桩都留在心上

如今　我离故乡越来越远

葱茏的人生已开始水枯草黄

我与世界有关　似也无关

走在远方的大地上

当思念成为一种习惯　暗自成殇

禁不住的泪水　盈满眼眶

却无处诉说衷肠

我熟悉南方的酷热阴湿

更熟悉北方粗犷的大雪飞扬

当寒风吹落最后一抹金黄

消融了心中的暖阳

藏在心底的散碎光亮

握不住的岁月匆匆流淌

我只有默默地一再把目光投向远方

生我养我的故乡

噢　我的爱已经病入膏肓

荒原是个谎言

——写在哈密到吐鲁番之间

那缓慢的琴弦从未被谁弹拨

荒原原本就是谎言

她对那些浅薄的短见

把真实而热烈的情感隐瞒

以寸草不生的容颜

诉说着地老天荒的心愿

风的叹息　火的考验

都被她——收藏在博大胸间

赤裸裸的坦诚　仿佛

已经没有负担　其实不然

只待有人能读懂她爱的语言

拨开那亿万年的迷雾

以智慧的目光深入看看吧

必定使你的瞳孔有爆裂的风险

那漆黑的潮汐里贮满热烈的火焰

被忽略已久的丰赡

贴近她粗粝的肌肤听一听吧

那咚咚的心跳

都是太阳旋转的鼓点和呐喊

天风海浪凝聚成的骨骼

能使人间的软骨病获得康健

生逢这样一个伟大时代

每一寸国土都不是多余的

她深埋的宝藏　必定是时代的燃点

推动着伟大航船高速向前

荒原啊　寂寞的荒原

当我们轻轻弹拨那古老琴弦

揭开你亿万年谎言的面纱

你骨子里的美　让我们对你的爱

像夏日的火焰山

持久热烈　想象无限

疯狂的夜晚

白云回到了天山臂弯
歌乐萦绕着毡房的暮晚
远方的朋友在远方相聚
快乐在鹿角湾青青的草原弥漫

牛羊返回了古老的栅栏
牧马在夕光中紧跟着导航的牧犬
炊烟中飘散的奶香
醉了天山脚下广袤的草原

身披夕光的依连哈比尔尕山
那是我们今生快乐的家园

梦里梦外　都将是我们
今世无法忘怀的永久迷恋

夕阳擎举繁星的浪漫
篝火让夜幕在山巅久久不肯靠岸
舞姿翩翩的时空
让快乐抛弃了人世的苦难

气息中荡漾的美妙
在玫瑰色的山尖盘桓
旋转的脚尖　转动的苍茫群山
在轻逸中飘飘欲仙

雾岚轻萦　有无限的缱绻
痴情不倦　有无法解约的情感
唱吧　跳吧　群山低回
那是属于我们疯狂的夜晚

吹吧　弹奏吧
欢度若梦的流年
眼前的沉醉　只需一醉千年
被清风一再流传

七月　天山下

风用温热手指抚摸众生　仿佛怜悯

棉花不遗余力

从体内掏出花朵　伸出拳头

只为击打人世寒凉

玉米腰褾棒槌　亮出红缨

知道肚皮关乎稳定

作为七月的一部分　在天山下

杂花开在道旁　蜂蝶嬉闹于丛中

没有谁可以同时看见

一块硬币的两面

一只蚂蚁从一片叶子正面

爬到反面　蚜虫悄然滋生

红蜘蛛也是一种病

更要紧的　是保持水火平衡

戴草帽的那个农夫

显然更注重细节

"三分天注定　七分靠打拼"

歌声给庄稼提神

尾音有上扬的冲动

白云飘过头顶　火焰继续下沉

田园安静　只有庄稼

拼死拼活与自己较劲

我看见的　听见的　一概装作不懂
也不吱声

一棵树　在故乡的风中摇曳

多少次灵魂抛下肉体

独自返回故里

而这次　却是肉体牵着灵魂

一同抵达　满眼的物是人非

恍惚间若在梦里

不断倾斜的肉体

被记忆一次扶起

新鲜的陈旧　陈旧的新鲜

眼前的迷离　让笨拙的词语

一时找不到落脚之地

好在天山还站在原地

锦袍还那么美丽
一块石头才落地
沿着流水的方向
追根溯源 找到的自己
几乎无人认识
一时被兴奋与悲哀蒙住的眼睛
增加了沟渠的流量
让干渴的野草感到欣喜

而可怕的局面
灵魂与肉体再次背离
探寻的新奇扬起无声的鞭子
使肉体不遗余力
看来 灵魂和肉体的返乡
并非是同一枚硬币
只有借助辨识
才获得某种意义

哦 我苦难的灵魂与肉体
地理的改变 心理的漂移
只有流水不腐
才能生发持久不衰的诗意
像一棵树 把一片天空和大地
长久连在一起

流　程

曾经　我在石头里

搬动石头

那是天山深处的石头

后来　我在泥土里

翻动泥土

那是准噶尔边缘的泥土

再后来　我在纸页里

追逐光明

那是命运的另一口陷阱

而现在　我在余生里

独自淘金

大海眨动着陌生的眼睛

天空在一寸寸地上升

阳光从遥远的天空降临

击打我的心灵

呼唤我　像催动白云

美在草木上

涂抹最后的油彩

大地在矮下去的时刻

吐露真诚内心

河水藏不住心中块垒

把难以下咽的部分

说与你听

草木枯黄把葱茏的梦

藏得更深

如果　时令只是一件服饰
疲惫的眼眸
肯定噬咬牲灵　我看见
秋风解绑　万物束身
抛却负累沉重者纷纷出笼
窈窕的身段别具风情
目光射向远方
喜悦涨潮在心中
缤纷借助想象翅膀
高过白云　使天空更空

在远方的日子

庞大的钢筋混凝土丛林

一座座遮天蔽日高楼

似一万条鞭子　胁迫一条大江

日夜向大海奔流

我以一颗尘埃的渺小

被一阵风吹到这里

仅仅被一小片树林无意收留

枕着溪流的树林便成了朋友

每日　往来的脚步　呼吸

撒开并收拢的目光

一次次踩碎了年轮的春秋

无数次沿着曲折的里巷行走

走进菜场　小店

那里成了每一天离不开的饭碗

时光悠悠

大海日夜动荡不安

在岁月的旋涡

一小块石头的沉默

是我的默契　不与奔腾争流

大手牵小手　跟着日子走

被时光遗弃的我　一层层生锈

被我磨损的日月　折射出一片锦绣

平静安详的溪水　载着鸟雀啁啾

任天地旋转　把风雨抛在身后

只是　隔着一万里云天

每每想起

自天山奔腾而下的哪一条河流

那甘甜的乳汁一直在我体内奔流

总不免深深低下头

那时　我们不懂爱情

——写在五四青年节来临之际

一条清澈河流穿过我的生命
也载走了我们永不复返的青春

在滚滚流淌的河岸边
曾留下了我们懵懂的脚印

那时　野花肆意地开在道旁
蜂蝶嬉戏于花丛　暖风厮磨于耳鬓

一条弯曲的小径通往幽暗树林
拱破泥土的蘑菇藏在青青的草丛

你看着一对彩蝶嬉于花中出神
我对一只蜜蜂沾满花粉无动于衷

河水里浮动着我们的倒影　你说
那是什么　我说　水中有石头在滚动

一只毛毛虫使劲爬上一片嫩叶
几朵蒲公英的小伞缓缓飘在风中

你说衣服脏了要帮我洗洗
我说劳动人民有不怕苦累的精神

你总是有事没事向我靠近
而我却对阶级斗争中毒太深

雨过天晴　你坐在石头上细数白云
而我只想多搬石头　多挣一些工分

艰苦岁月而今早已云淡风轻
曾经的美好仍然留在心中

一条河流载走了青春的故事
而那故事　还散发着迷人芳馨

我的表妹叫棉花

人间有鲜花万朵

她是最美最温暖的那一朵

她的梦在春日里发芽

把美丽诗行写在天山脚下

她喜欢热情地邀约

特喜欢收集阳光的热烈

她把粉红的花朵交给

六七月多情的蜂蝶

静悄悄地孕育希望的硕果

七月流火是她喜欢的帅哥

加速丰满的棉朵

在绿色的衣衫下摇曳
风一吹就露出饱满的诱惑

她不舍昼夜地劳作
只为心上人过上美好生活
风沙酷烈铸就坚强性格
花头巾伴随成长的快乐
仿佛阿娜尔罕的歌声
在天山南北传播
白天的热情延续梦中期盼

出阁的心事　　日益急切
当她在绿桃的嘴唇上
一再涂抹口红
忍不住的喜悦使嘴唇笑开
当她吐出月光般的情话
渴望爱情的目光
就不由自主向她身边集结

当她敞开自己的胸怀
里面全是温暖的雪白的棉朵
在那一刻　　待嫁的姑娘含情脉脉
沸腾的村庄　　犹如过节

幸福的花朵开在人们心上
融融暖意四处流泄

噢　我的表妹　她叫棉花
我们已好多年不见了
今生无论我身在何方
即便爬冰卧雪
一想起她　就不免心头一热

金　沟　河

一条泥沙俱下的河流

忽然被一双手截断

于是　成了十几面明亮的镜子

供许多人顾影自怜

白天镜子里照见的多是些老人

他们缓慢的脚步

夜晚照见的是爱情

牵着手的情侣正享受幸福人生

没有人的时候　镜子里

只有白云或者繁星相互谈心

它们懒散的表情让人心动

浑浊的泥沙在七月轰鸣

沿着镜子边缘走向村庄和田垄
一条河流的命运　就这样
在一座小城　被咬出一道
深深的唇印　从此改写了小名

故 乡 吟

故乡　是一盘色味俱佳的大盘鸡
故乡　是一坛清澈香醇的雪水坊
故乡　是生养我白发苍苍的爹娘

美味滋养的衷肠终身无法淡忘
美酒醉过的灵魂是永久的向往
根须撑起的脊梁方有一世风光

世界之大　无论你身在何方
金沟河总会在血液中滚滚流淌
绿叶对根的恩情一生难忘

冬　至

没有什么能阻止我想你
除非明天不是冬至

纵然　我躲开了冰天雪地
纵然　香樟树还那么绿
小河里鱼儿还在嬉戏
花朵还放肆地开在绿草丛里
鸟儿婉转地歌唱
还那么让人着迷
但是　那一片遥远的热土
依旧紧抱在我怀里
血管里奔腾着金沟河的流水

骨骼中沉淀的是

沙湾的麦粒　肉香　大盘鸡

醉人的雪水坊酒香

萦绕在梦里挥之不去

最难舍是那些熟悉的面孔

一生的温暖都来自那里

叫我如何不想你

无论走到哪里　魂归何处

你都是我今生最美的记忆

我要把世间最美的祝福

送给你　那一片养育我的

魂牵梦萦的土地

除非明天不是冬至

没有什么能阻止我想你

冷 月 如 钩

已倦江南游　六年来　行止凝眸　古镇高楼

草原牛羊肥　天山雪白头　只在梦里囚

一壶老酒　二三故旧　何时再聚首

伫立寒风　骋望良久　冷月如钩

依连哈比尔尕山

每天　都会情不自禁
向南面眺望　希望
看到你巍峨美丽的容颜
只要你还稳稳坐在那里
就会觉得理得心安

在你撑起的天空下
悠然地穿过四季　工作或闲转
醒时快乐　梦也香甜
我度过了一年又一年

即使在乌云密布的日子

我也深信　没有什么能使你
摧眉折腰失尊严　你依然
巍然屹立在我心间

在你的怀抱中　生长生活
我永远像婴儿一般
充满了对你的热爱与依恋
谁也无法割断我们今生的情缘

不管岁月有多少波澜
时光怎样暗淡
你就像我的亲朋一样
看见你　我就
气宇轩昂　心地坦然

青 麦 地

青麦地　青麦地
你的水上风光旖旎
看见你
就觉得温暖　美丽

青麦地　青麦地
你口含太阳的光芒
奔跑在沙湾大地
多少人为你醉倒在地

青麦地　青麦地
你的愿望　你的善良

遍布山野

谁能偿还你光芒的情义

青麦地　青麦地

你的充盈　粮仓真实

你阳光饱满

就是人间的欢喜

青麦地　青麦地

你的火焰照亮岁月

我在世界上奔走

浑身都是你给的力气

青麦地　青麦地

我坐在太阳光芒下

为你写诗　辽阔大地

除了父母　我只爱你

北方的屋顶下住着我的两个亲人

在北方的屋顶下

安放着我的故乡

在我的故乡　有两个亲人

一个叫美丽

一个叫风琴

美丽是我的妹妹

美丽动人

风琴是我的弟弟

性格凶猛

喜好扬尘

这一对孪生兄妹

解不开的恩怨伴随一生

他们一出生

就互相较劲

你要加温　我就降温

你要漂漂亮亮

我就扬你满头沙尘

你想昂首挺胸

我就使你垂头丧气

但是　倔强的妹妹

每次都赢

闹人的弟弟

气焰低沉

美丽的妹妹越来越美

恼人的弟弟

越来越没劲

当妹妹身段娉婷

风琴已拉不动风琴

当妹妹丰满嫁人

风琴又拉起低沉的琴音

每当冬天来临

他们就挤在一起过冬

雪白的被子下

兄妹二人各做各的梦
待到下一个春天来临
又开始新一轮较劲
这就是他们兄妹二人

在北方的屋顶下
住着我的两个亲人
一个叫美丽
一个叫风琴
是他们的辛劳
喂养我成人
也必是他们
伴我走完仓促的一生

我要为你唱首歌

白马渡河的三月

河道涌动浪波

心跳惊醒的梦啊

桅杆上的三角帆

被东风吹拂

在时光的长路奔波

变幻的诱惑

让我着魔

群山巍峨

江河激越

苍苍云树

灼灼花朵

无边的大海

动荡的浪波

永远活力四射

啊　这就是我的祖国

梦里的花朵

浓郁的花香

沉醉了岁月

在这美好季节

我要为你

唱一首歌

让幸福

向远方流播

依旧是种子　种子

梦醒时分　已过春风

暖风高过头顶

暖风埋葬了我们

七上八下的吊桶

已搅动了深井

喝足了油的犁尖

是个熟练的屠夫

没人觉得它残忍

所有人委身于大地

在东方的地平线上

弯曲的弓　正瞄准那个梦

种子挤破头颅

向四面八方飞奔

在自己的根脉上延伸

土地孕育土地　也孕育我们

种子在三月的风中歌吟

歌唱新的征程

我们睁大眼睛

我们蒙着眼睛

去迎接那个

熟悉又陌生的老人

但谁也不知

它设下多少陷阱

收获尚早　所有手臂

已经搂定了平原山岭

也决定了命运

鼓槌敲击鼓面

已有雷霆般的回声

所有的船　都往大海深处航行

汗水的河流

涌出内心　渗入泥土

续写东方神话

那笔尖上的墨水

有你的鲜血殷红

自豪而又神圣

村　　庄

瘦小的村庄
是白发苍苍的爹娘

坐在低矮的土墙旁
晒着太阳

父亲的胸膛　母亲的乳汁
是这片土地把我们生养

小麦熟了　棉花白了
它们都去了远方

现在　只有坟头和种子
守在身旁

瘦小的村庄啊
就坐落在我心上

在每一个崭新的黎明

在每一个崭新的黎明
世界都将我轻轻唤醒
它扫净昨天的房屋
欢欣得失忧愁及苦痛
风云雷电和雨雾蒙蒙
以及残存于我们身体
灵魂的所有陈迹旧痕
还我们一个美丽空洞
任凭我们高歌着驰骋

是闻所未闻一片风景
触动每一个细小毛孔

勾引着我们追逐梦境
一曲优雅的天籁之音
自天外传来渐成雄弘
让眼睛不再睡意蒙眬
清晰的画图美轮美奂
又一次点燃触角激情
于是世界便急速转动
变幻不居　迷离缤纷
让心跳加速浑身是劲

于是每个灵动的生命
都打开自己的多彩魔瓶
在世界的画布上抒情
奔腾跳跃着挥斥方遒
青春热血和理想愿景
为这一方美丽的空间
填充人生丰富的内容

万水千山连接的路径
千难万险激发的豪情
辽阔导引的坚定跋涉
高峻引领的无畏攀登
成就了多少人生辉宏

即便是平淡无奇从容
也有天空的高远绵邈
大海的浩渺以及深沉

于是你站在群峰之上
高喊我就是世界
这是来自星空的回应
让四面八方的风更猛
你睁开的双眼装满了
美丽壮阔或苍凉画屏
劳动创造着美好世界
世界的美好尽在心中
无悔青春无愧人生
似一曲优雅飘逸乐章
在天地间回旋且轰鸣

雪

一想起雪　在远方
心里就暖暖的

那铺天盖地的白
是一件柔软的大衣
轻轻盖住了
一个疲倦的躯体

是的　辛苦一年的大地
是得好好休息休息
同时　也借此做个好梦
描绘一个新天地

梦醒之后　又是一条长路
需要攒足劲奔驰
在一片洁白的稿纸上
写出更美的诗句

现在　火焰映照洁白
人们脸上写满笑意
张开的怀抱　迎向希冀
没有寒冷　只有诗情画意

在远方　一想起雪
心里就暖暖的

我要拥抱你

心底的绮丽
覆盖了白雪
风也着急
雨也着急

渴望的马蹄
踩过大地
草也惊起
梦也惊起

山岭屏息
河流喘气

不胫而走的信息
传遍大地

我写下诗
只为
轻轻告诉你
我要张开双臂
紧紧地
拥抱你

暴　雪

万千粉蝶落九天
一片浑茫少半山

登高一望群楼矮
出门只觉两腿短

河沟失踪忽不见
平原长高欲摩天

名车似牛入泥海
行人趔趄如醉仙

树木弯腰头点地
时见佳木胫骨断

扫雪犹如打巷道
处处堆雪遮望眼

拥抱春天心已热
谁料晶莹筑奇观

乍暖还寒

好多天不见的帽子
突然又密集在街上呈现

狂乱的树木　似乎
正在被粗暴地晃动

肆意奔跑的儿童
都躲进了室内乐园

在楼群间流窜的风
露出强盗般的嘴脸

菜贩们高喊　要变天了
我特意多买了一点

回到家　喝了一杯热茶
浑身才感觉舒坦

回想　跌宕起伏的一生
似乎都在乍暖还寒之间

抬头看天　心情平静
任凭它　乌云漫卷

悄悄是我的沉默

此刻　北国的大雪
还在肆虐　迫不及待的心
已燃起了大火
火焰经过的地方
已呈现出松软的褐色
我站在高高的山坡
心想　是该种些什么了
环顾四周　一生清贫的我
只有蹩脚的诗歌
可以往春风里撒播

其实　身在远方

已融入一场绿色饕餮

柔软的风舒展开筋骨

在轻轻地摇曳

天街小雨　洗刷的大地

正适合与诗野合

花与叶　枝与蔓

熏风踩过柔波

都会激起诗意喷射

然而　我不能喷射

一想到我美丽的北国

悄悄地　悄悄地

只有沉默　沉默是一条河

静静地向远方奔波

漫过故乡的平原高坡

唯愿春天的脚步

像骏马风驰电掣

如波浪把我的故乡淹没

在那里　我诗意的种子

才能生根发芽

每天在天山撑起的那片蔚蓝下

花开朵朵　漫山遍野

天山　就横卧在我心中

人呐　心里有座山
就会安稳　任凭风云变幻
都会宠辱不惊

心里有座山　骨架就会
坚硬　峥嵘
它撑起的天空
高旷　大气　从容
河流因此有了流动的方向
峡谷有了深邃的秘境
森林有了居所
野兽得以藏身

雄鹰　盘旋　俯冲也便有了
足够的空间和携带的风
草原一望无垠　牛羊似滚动的白云
骏马奔腾　就有了丰满的抒情
当然　也有狼奔豕突
狮王争霸　麋鹿受惊
湖泊睁着明亮的眼睛
笑看八面来风
轻而易举就收纳了天空
它平静或动荡的眼波
总流露出对俗世的　一往情深
满怀奔腾意蕴

最重要的是　那流动的曲线
极像我们奔波的一生
在茫茫天宇　像彩带飘动
似在呼唤　又似在招魂
让生命在律动中
有个粗犷的根扎进大地之中
仿佛水晶宫的定海神针
它也描绘了天空的际线
让自己的形象清晰鲜明
即便乌云遮蔽了天空

那都是暂时的事情

大部分时间

乌云或盘绕峰巅

或飘移谷中

仿佛都是它吐纳的精神

常常是推陈出新

让生命永不死气沉沉

变幻的新奇驱动奔走的蹄音

描绘的画景意蕴无穷

人呐　心里有座山　就会安稳

无论身在何方　都会宠辱不惊

天山啊　你就横卧在我心中

北方的冬天

在北方　冬天势不可挡
河水瞬间立定　田野熄灭了欢腾
动物们躲进了洞穴
树木寂然　穿着白银
行走的人　不由得抱紧自身

尘土安静　即使掉下一根针
也会引起鼠窝震动
车辆循规蹈矩　唯恐滑入深坑

三九二十七　绝不含混
那是一道钢铁般的戒严令

人们脚下漂移

七窍生烟

肃然战栗

天神无形　坐在头顶

大地坚固得水泄不通

它无孔不入的刀锋直抵灵魂

不怕死的　都是为了苍生

土里刨食的人放松了自身

并借此做一个好梦

洞穴安稳　酒食充盈　处变不惊

但凭光阴穿过山岭　只待春风

大雪在远方飘落

一个人如果只为忧愁背书

肯定　命如纸薄

万里之外的一场大雪

不止在纸上降落

而且使荧屏

有了异样的成色

我看到许多几近麻木的灵魂

从中流出喜悦

让我的灵魂

也顿感温热

事实上我只是一个旁观者

是它引起心底动荡的浪波

曾经有无数个这样的时刻

我陷入其中　并没有感觉

而现在　那雪却是冬天里的一把火

照亮了远方的漫漫长夜

让故乡悄然复活　一股暖流涌动

那洁白如纸的雪　消融了人间凉薄

更像是一首快乐的情歌

在海边　想起故乡的小河

在海边

忽然想起故乡的小河

顿觉大海

有令人难以忍受的荒凉

那摇撼天地的欲望

从未满足过

所以　昼夜都在不停地晃荡

而家乡的小河

却没有那么多欲望

从山上下来

一头扎进庄稼地

从此就消失了声响
只有芬芳留在人们心上

虽说万川归海
一滴水
流入大海才能永不干涸
但相交于大海的辽阔宽广
我更喜欢那小河
短暂的一生
乳汁般的甘甜
汩汩流过我心房

我是故乡的罪人

对于故乡　我是个罪人
受到诗与远方的蛊惑
致使田园荒芜
六十余年　开拓种植
欢乐痛苦　已长成老屋门前
一棵歪脖子老榆树

每逢冬季　大雪封路
马拉爬犁　羊皮大衣
拉回的梭梭足以使矮屋温暖
并煮熟一锅生活的疾苦
天山雪水滋养的五谷

已磨损了一副青春的身骨
榆钱的香味溢出了裂隙纵深的老骨

门前曲折的那一条土路
连起了钢筋混凝土森林的迷途
抱石修渠　清泉涌入污浊
增添了弥望的云树
只是　无论走到哪里
回家的时候
一看到那棵招摇的老树
就像醉酒一般舒服

现在　我辜负了那么多熟悉的事物
熟悉的面孔　黑陶的味道
宽阔的街道　通往黑山头的道路
多彩的爱情　放肆的歌声
金沟河的丰盈与干枯

而今身后　一条路如响尾蛇催促
交出祖上的图谱
迷雾重重　但我清楚
走失在远方的黄昏
是必由之路　我已罪无可恕

冷风吹过二月的山岗

天寒地冻　太阳也善于躲藏

乌云低飞　月亮也不知去向

在这些无趣的时光取暖

我只有简单直白的分行

冷风吹过二月的山岗

冰雪仍封存着飞翔的翅膀

现实骨感　马瘦毛长

想象丰满　道路却曲折漫长

红泥火炉　谁都需要热量

酒瓶高扬　低沉自会激昂

春天已踏上故土　只要怀揣希望

坚信　前方必是万里春光

故乡 就卡在我的喉咙里

故乡你忘了我

我不怪你

要怪就怪我

对诗与远方太过痴迷

不在你的呼吸里

你的脚步里也没我的脚步

你的眼眸里

丢失了我的影子

我也不能怨你

不能原谅的是我的春天

已写满你的日记
果实曾在你的枝头摇曳
你铺天盖地的大雪
不偏不倚就落进了我心里

更不能原谅的是
你的土壤还埋着我的根须
我的落叶还将
碎裂在你的泥土里

现在远天远地
你就卡在我的喉咙里
要吐出你就必须
耗尽我今生的气力

而我已渐渐老去
拿不出更多力气
所以只能把你藏在梦中
不敢碰触小心翼翼

第二辑

多彩的泥土

清 晨 之 诗

冰凉在经过一夜的融化之后

在清晨一点点变蓝

辽阔与静好携手

在回暖的枝条上写出青绿一片

抑扬顿挫的旋律夹杂着色彩斑斓

是季节奉献给一颗心的诗篇

洪峰涌起的街道

被生活的流水注满

人间烟火腾腾

被祥和的躁动鼓荡

拍打着希望的门槛

一个人加入
是一粒沙翻腾于波澜
抽身而出
是一条小舢板搁浅

时间划出行走的曲线
太阳在斜视里走向中天
清风抚慰的草木
轻摇着古老梦幻
在退潮前依旧明艳
短暂的行旅　已无遗憾了
你深陷的世界　仍诗意盎然

劳动节快乐

劳动节劳动

古老的枯木才有新鲜的光环

忽然降下的火焰

并没有把那些节奏打乱

天街小雨又带来舒坦

工地铿锵　市场繁乱

都只为生活的风暴助燃

从羁押中走出喜悦

从寂寥中剥出坦然

流水冲刷着堤岸激起波澜

生命被淘洗得光鲜

都烙印着那一个动作

反复打磨的图案

尽管许多时候植树与摘果

并非同一个手臂

在荒谬的荣誉树上

那光焰总是昙花一现

并不影响一条大河奔流向前

劳动吃饭　一双粗糙的大手

里面埋着一个源泉

用心用力　苍天总不会亏欠

一个一生勤劳的人

就是这个世上最美的诗篇

冰冷的石头

圆月是一团火

它点燃了我的思念

而它却冷眼旁观

让我彻夜难眠

一次次　我用竹篮打捞

破碎的月亮

变成了冷泪点点

岁月匆匆　许多年后

每当中秋月圆

我早已不再有浪漫

只把它看作

一块冰冷的石头

孤独地飘在天空

与我有关

与我无干

老 屋

老屋　已荒芜

被一棵老榆树看护

记得　刺条围成的大院

春夏长满青绿果蔬

低矮屋檐下　一大家人

度过许多欢乐寒暑

父亲下地　母亲操持家务

日子局促　并不清苦

如今　时过境迁

那些只在记忆里存储

几乎忘了天上的星星

一想到星星　就觉得

是很久远的事了

一想到星星　就想起往事

一想起往事　就想到星星

那时候　天空弯曲

大地凸起　星星下移

它就贴着我们

我们就在它怀里

我们捉迷藏　我们玩游戏

我们是多么要好的朋友呀

我们亲昵　就像无猜的兄弟

后来呀　天空上行

大地塌陷　星星闪烁迷离

只有在发呆的时候

它才眨巴鬼眼　像是捉弄

又像是嘲讽　我们不再有友谊

而现在　连阴雨下个不停

我几乎忘了它的存在

至于什么表情　已毫不在意

想到星星　已觉是很久远的事了

伫　望

细细的皮鞭

不停地晃动

驱赶羊群

到水草丰美的地方

现在　圈门大开

鞭声响　梦醒处

泥土酥软　种子发芽　小草返青

小河放出汩汩的歌声

滋润稚嫩的嘴唇

蹄声隐隐　翻山越岭

缓慢走在遥远的旅途上

夜晚即将来临

有人打着雨伞　脚步匆匆

有人没伞　漫不经心

树林里一片安静

鱼儿在池中游动

细小的圈儿　散落其中

马路上像漫过一阵阵浪花

忽然增多的车流　行人

一阵阵躁动　涌入暮色沉沉

楼头伫望　我在等待

那个失散多日的

梦中恋人

温暖春日的来临

雨　夜

黑夜的辽阔　绝不是湖泊与火
它肆意地涂抹
肯定是为了生活着色

犹似一杯茶　浓了淡　淡了浓
适合一首诗熬夜

人间善于涂脂抹粉者众多
一片黑　必然不够争夺

那就乘着夜黑风高
打开天河泼墨　勾兑潮起潮落

待明日　泪水沁润的纸页上
谁感到窘迫　谁就去奋力一搏

画图江山　河汉放歌
谁穿着雨鞋走过　就是谁的

一壶茶煮沸的夜色
起伏的韵脚　肯定不止平平仄仄

我无法向你描述

白天站立的
夜晚必倒伏
夜晚倒伏的
白天却站立

我就是一个证据

我无法描述
一个模糊的形体
也无法搅浑
一处倒影的清晰

因为　我就来自那里

人间喧嚣
内心孤寂
火焰藏在石头里
冷热自持

岁月轮转　光阴无敌

云朵从不抱怨天空

命运二字　拆开来
是两件事情
对于命　我是认的
天赐一条小命
无论苦难　幸运　伟岸　平庸
都不归我掌控

我喜欢运的空灵
一辆马车拉着云朵飞奔
有点浪漫诗情
我的一生　就是这种情形
从西到东　从南到北

一辈子马不停蹄

却是两手空空

有时候望着云朵发呆

有时迎风冒雨

只觉得　只要跑起来

岁月就不会踏空

因此　几十年苦苦追寻

虽一事无成　却像云朵一样

从不抱怨天空

在 森 林 里

在一片偌大的森林

独自一人

除了鸟鸣

就是寂静

我的得意是　对着风说话

它是一个

忠实的听众　并负责

传播口令

对一片陌生之地

我想说的很多　事实上

只有沉默

躺在长椅上　呆呆地
看着树梢晃动
它们的意志
无一不指向干净的天空

移动的风景

在秋天成熟的原野上
我不是低头的稻穗
悬垂的果实
我是一道移动的风景

荒凉的内心　孤僻的小径
兑换成蓝天白云
绿树擎举着鸟鸣
歌唱一条河流的波光粼粼

野旷天低　阳光明媚
清风梳理万物的鳞片　羽翼

也安抚人世

一颗急切而躁动的心

小花摇晃的笑脸

草虫唧唧的琴韵

大地那一张密纹唱片

在齿轮的转动中变幻视听

脚步所至　色彩缤纷

秋天敞开的心扉

朴厚　真醇　香浓

而我是它们中最美的风景

登　高

看不到一缕炊烟从楼顶升起

楼群围住的草木

逃不出道路绑扎的困局

冷风习习　太阳无力搭救

低处的事物

只有一片片落叶用怜惜

为它们盖上外衣

插茱萸的那人　还坐在

一首唐诗里　想他的山东兄弟

而低头走路的人

各有心事

菊花开在道旁

为一片颓靡打气

不断矮下去的植物

不得不让出自己的领地

使天空的空

空得有点不讲道理

一股冷风吹来　我后退了几步

抬头看时　漫天云絮

像北冰洋的浮冰

正毫无顾忌地向北方漂移

斜坡上的平缓

黑夜又回到我们中间
这一天让霜
感到汗颜　透明树叶高悬
花朵尚未打蔫

树下跑动的是少年
甩胳膊甩腿的是老年
河水载着几片落叶
在我面前拐一个弯

这一天　没有怀念
天真的少年时光

更没有安抚一个人的老年
阳光让脊背感到温暖

我为一块石头读诗
并为一只上树的蚂蚁点赞
在野马群驰过的地方
是一片绿色新鲜

在灯光打开的璀璨中
我看见繁星点点
在十月登高的山崖
我在一面斜坡上走入平缓

随 想 录

没有什么比空无的平静
更令人兴奋
没有什么比肉体疲惫
而心情愉悦更美的事情
一上午　我经过了
那么多绿树　花草　楼群
迎面而来擦肩而过
那么多喜悦的陌生面孔
它(他)们并不理会
一个人投入的满腔热情
包括被我摄取的美的部分
花开花的　树绿树的

水流水的　云飘云的
我对它们的自作多情
仅仅使我的灵魂更加轻盈
仅仅使光阴无所顾忌的
穿过了我的生命
因此　我相信　一个人
只要内心辽阔宁静
纵然两手空空
快乐也会像一股清风越过花丛
在流水中漾起
欢悦的浪花　向大海奔涌

秋风帮万物卸下重负

秋风一阵阵地吹

凉下去的是

一寸寸降低的水池

对于这些

你无能为力

唯一能做的　就是

在内心与外部世界之间

找到一种平衡

所以　紧锣密鼓地缩回

膨胀的部分

又回到了自身

由此　确证你的真诚

你读懂了落叶的秘密
看清了秋风的用意
在天空的凸面镜前
找到变形的自己　相视而笑
并达成新的默契
平静　安详
对世界不再有敌意

在河边　看着河水向远方流去
落叶一片片在风中旋舞
感觉人生原来如此富有诗意
秋风只是帮万物卸下重负
找到迷失的自己

写一首诗吧

接近诗歌是一件危险的事
不去接近却更为危险

思即诗　诗即思
活力　梦想　镜像

灵魂与肉体的博弈
扩大的未知　激发的勇气
是黑夜的一把火炬

天空高远　攀不上去
大地厚重　敷在表皮

在二者之间　　建造语言庙宇

灵魂得以安顿
肉体不再游离

对着茫茫尘世　　写一首诗吧
你的枯枝　　便有了新绿

好 天 气

忧郁　哭泣　之后
她做出了一个决定
令人惊喜
她露出了笑脸　我也是
我们相携而行
迈着闲散的步履

从早晨开始　她逼出了
我体内的阴影
那么长　那么黑而清晰
继而　又慢慢缩向脚底
这让人觉得

一个人的灵魂

没有丢失

树下撒欢的孩子

指着透明的树叶练习算数

忽闪的睫毛感到好奇

捶打空气的老人

正在玩乾坤大挪移

菊花开在脸上

交由温柔的风摇曳

生活总是这样的

要接受阴晴不定的教育

哭一阵　笑一阵

热一阵　冷一阵

一辈子就陷在这里

趁着好天气　把衣服洗了

阳光在上面走动

就驱散了心里的冷意

阳台上暖阳的手指

抚摸着我的惬意

寂静的夜晚

寂静在夜晚来临

寂静的手指轻柔地扶起

时间　起伏的潮声

于是　你听到一万匹奔马

横过大地天空

一万匹奔马涌出心中

一万匹奔马踩过你头顶

白昼淹没的部分

深埋在黑色泥土中的根

白昼撕碎的物质

又一次修复了自身

寂静中一万匹黑马

托着世界向远方飞奔

你抓住的只有梦的缰绳

寂静铺开广阔草原

那是神放牧天马的地方

绿草如茵　溪流抚琴

那来自梦境的天籁之音

时间的野马群嚼草的响声

为明天冲锋陷阵

运载万物向死而生

洗 牙 记

岁月的沉积岩

附着在迟钝的牙齿上

侵蚀咬嚼世界的力量

古老的手艺

披着现代技术的衣装

华丽登场　无影灯下

把口腔交给一个小姑娘

不用担心忧伤

喷头　打磨器　抛光仪

交错的声响　伴着轻柔软语

矿渣　血丝随流水

涌出山洞　战斗即告收场

噢　那一刻　解甲的勇士

遭遇昔日风光

心想　人间的滋味

从此或许大不一样

走下高楼　我倒吸一口冷气

牙根有点丝丝发凉

当我在餐馆坐定

咬着一块骨头　细细品咂

嗨　这人间的百味

还是脍炙人口　并无异样

由此　我确信

在这个狼奔豕突的世上

有一副狰狞的牙齿

咧嘴一笑　也会春风怡荡

独 轮 车

落日的独轮车

推到了悬崖边上　只听得

一阵无声的轰响

它就卸下白天的一切

欲望　飞翔的思想

只剩一块黑炭发出

星星点点幽光

洞穴里的烛光

像大海中的帆影闪烁摇晃

向死而生的变幻

在浩渺的迷茫中远航

而我们俯身在一粒泥土上

抱着地球睡觉

并在另一个维度

让梦想开花　长出翅膀

丢弃的皮囊

借此获得改头换面的力量

暗中扭转了颓败的景象

当你重新灵肉合体

却惊奇地发现　你仍然坐在

那一个陈旧

而又新鲜的

独轮车上　生死茫茫

我的心　如一朵白莲

今日的版本　与昨日

没什么不同

蔚蓝的湖水里飘着几朵白莲

悬在我们头顶

那轻慢的姿态　是众人

喜欢的样子

万物因此而安详宁静

那个用烂的词　秋高气爽

再次出现在眼中

不被伤害　温润赢得亲近

一颗心的辽阔

从透明的绿叶直达苍穹
被澄澈所包容

我走在下山的路上　　同时
向另一座攀登
光阴的沟壑隆起的群峰
是无恙的山河
色彩缤纷　　如此迷人
我　　以至于忘了细数年轮
阳光弹琴　　清风摇梦
我的爱　　不只是爱一个人

夜 这黑色的泥土

黑夜乐于表达自己
而灯盏
愿助一臂之力

当白天的潮水退去
另一种涌起

我以疲惫之师占领
自己的领地

它将我深深地埋下去
像一粒种子　在暗中发力

今夜的我　明天的
一面旗帜　呼啦啦飘在风里

白天生长的事物
根　系在黑色泥土里

节后第一天

沟渠汇入河道
马路喘着粗气
我所看到的部分
偏离回归正题

叠加制造的散漫
喜悦冲毁大堤
一碰到铁器
有重蹈覆辙的危机

岁月铺纸　你我执笔
日子的黑白

写满缓急

随心所欲　离题万里

动荡的加剧

皆源自强劲的马力

目标的单一

是丰富嬗变的依据

节节如此

峰回路转

梦里花开

依旧　潮落潮起

第三辑

缤纷的生活

兴奋的高地

晴朗在下午转为阴郁

这符合事物发展轨迹

我不讶异

两三杯烈酒下肚

平衡被打破

兴奋占据生命高地

朦胧的世界

忽然有了诗意

抓住它吧　那快乐的闪电

照亮的幽暗之地

节日启开闸门

喜悦浪花拍击

对于眼前这个世界

我真的无能为力

昏昏沉沉　找不到一个诗句

眼睁睁看着它

一寸一寸地暗淡下去

直到被灯光接替

举头不见明月

俯瞰星光熠熠

高楼之上　晚风送来一股

醒酒的妙意

和　谐

这个秋天　如期来到
我们中间　是多么不易呀

把国庆与中秋
放到一起是美好的

把国庆和中秋
放在这个十月是恰当的

把这个十月　镶嵌在
这一年这段时间是合适的

把这个十月安置在
各种变故之后是难得的

把这种难得放在
我的命途中是神圣的

现在　我坐定在石头上是安静的

把这安静放在节日
正午的时光里是美的

一切都严丝合缝
一切都是我们所盼望的

此外　还祈求什么呢
一只蜂儿嗡嗡着飞过耳朵

风停歇　树寂寞
几只麻雀在黄叶间飞跃

祖　国　颂

阳光洒满晴空

华诞降临的祖国

鸽子飞翔在穹顶

草木青青　云淡风轻

平安铺开道路

任欢快的浪花奔腾

追随祖国的步伐

一路走来

曲折艰难　玉汝于成

芳华成白发

热血伴豪情

祖国强盛　我心年轻

筑梦不惜老迈身

挎篮拎岁月

双手牵儿孙

鼎力相助生活好

勉力不做无用人

琐屑开道　冗繁描锦

举望眼　但喜四海升平

歌一曲祖国颂

皱纹花开　枯木逢春

陶　　罐

很多时候　不是外力
碰撞导致裂痕
也不是阳光执意
要挤进来
而是装的
过多　过于庞杂
问题从内部发生

哎　几十年了
填充从不放松
再好的容器
也经不起折腾

当发现这个秘密

我的陶罐

已千疮百孔

到处布满裂纹

而减法是一剂良药

可延缓破损

现在　陶罐一如古董

除了轻拿轻放

我已很少

往里硬塞物品

保持稳定

列入重要日程

噢　这黑白交响

白日之光　穿过树叶
把阴影抛在地上
噢　欢呼吧
因它的重量
草木向上生长
重量越大
就越有力量

而夜晚则另有一种慈善
它伸出手臂
抱我们在怀里
以梦想喂养

在荒凉的世上
便不觉得凄惶

噢　这黑白交响
起伏跌宕
引万物一再进场
攥在手里的金币银币
花不完
谁也不愿离场

我们都是一首瑰丽的诗

哦　如果说　天空是一块巨大的墓地
那么地球就是一个
小小的坟墓　这多么令人惊喜

每一天　伸开所有触须
在其中走来走去
从不忧虑死后的去处
你看啊　那么多树木
把自己倒插在天空里
那黑色的指爪　像一条蛇
不遗余力爬行在
泥土的黑暗中　乐此不疲

死亡从那里一再爬起

并不介意生与死的界限

闲来无事　看着天空

想象每一颗星星是一个生命

每一颗尘埃里藏着一个宇宙

而我们则替着自己　掌管着

一串宇宙的密码

想象打开天地的门户

供我们进出生死

这多么神奇而有趣

我们一再膜拜的大神

莫不就是自己

坐地日行八万里

巡天遥看一千河

生前搂着月亮睡觉

死后与太阳葬在一起

我们就是一首瑰丽的诗

交给时间阅读

万世不疲　有无解的奥义

云

翻脸比翻书还快　皆为旧闻

一忽擦拭太阳

一忽擦洗月亮

一忽白的透明

一忽一脸乌青

有时布满天空

有时又弄出许多窟窿

有时哭得稀里哗啦

有时云淡风轻　使人倾心

有时又逃得无影无踪

有时像个主人

有时又如无业游民

总之翻手为云覆手为雨
目的只有一个
折腾的天空不得安宁
也顺带折腾我们
在大地上留下移动的阴影

看电影《夺冠》

二百零六块骨头

最初是完整的

却无法写出一个传奇故事

举着爱的火把

打碎它　重新组合

按照心里的图板

用苦练　忍耐　坚毅　顽强

青春　热血　汗水　眼泪

筑起不屈不挠的精神丰碑

在上面插上五星红旗

一种永不言败的勇气

便成了一个民族的记忆

随着画面的流动
穿越那一条生命的河流
我的热血也在澎湃
竟忘了生命已至深秋

在秋天透明的穹顶下

秋天建造了高高的穹顶
万物笼罩在它下面
没有乌云遮挡的脸庞
多么敞亮　甜丝丝的风
在其中徜徉
像一首嘹亮的歌回响在
我们心上

白天的美妙　是喜悦的花朵
开在每个人脸上
花园里飘荡着醉人的果香
夜晚的美妙更令人神往

一轮皎洁的月亮
把清辉安静地撒在地上
万物披上迷离衣裳

在秋天的穹顶下
河水静静流淌　斑斓的色彩
遍布山岗　清凉的风
吹送着坦荡　躁动的心
找到了最初的安详
那是我们出发与回归的地方

故　园　秋

雪　　已经在扑打天山
我那遥远的故园

棉田里铺开的白云
正忙于堆积如山

辣椒在山坡上燃烧着火焰
不息的热情仍在蔓延

玉米金黄　　籽粒饱满
霸占着马路尚未奉还

雪呀　你先别忙着飘落
秋收忙碌　农活还没干完

北天山下那片美丽平原
我苦乐相伴的家园

流水与石头

河水清点过水中的石头

石头知道流水

有一只柔软的舌头

只是铁石心肠

遇到了薄情的流水

一点办法没有

一个匆匆而去

一个痴心守候

没有谁是谁的天长地久

只是　同在一个地球

各在各自的命里行走

赞美与诅咒

总处在

紧一阵慢一阵的风口

最后的花园

九月的梦幻

将被十月取代

我们还欣然

走在它们中间

每一个果实都藏有一朵花的笑脸

每一片落叶都有破碎的圆满

峰回路转　时序变幻

顺着一条河流的方向前行

走过童年　青年　壮年

直至大雪封山

谁都会功德圆满

现在是一生中最好的时光

地阔天高　五彩斑斓
向前走吧　莫辜负苦难人间
献给我们的
最后　也是最美的一座花园

器　皿

悬疑均来自天空

那是我们放飞梦想的

一只风筝

目光的丝线伸缩　抖动

希望与绝望

是仅剩的抒情

无数次　把一颗心

交给白云　一场雨

淋湿的羽毛又悄然收拢

大地用花园装饰坟茔

生死相因

是运送时间不朽的器皿

茫　　然

没有一棵树木会放弃
朝向天空的意愿

没有一双翅膀　不是在
努力书写天空的诗篇

你在大地上独自行走
只有一颗心是今生的渡船

你不断离开的此岸
就是彼岸　却总在前方浮现

九月天山下　开满圣洁的花

乌云脱掉丑陋的面纱

一朵朵　一堆堆

悠然地飘在天上

像极了故乡丰收的棉花

那纯洁的银白连着天涯

我却触及不到它

只有目光　望着天空

默默想她

采棉机歌唱在银海

公路上奔跑的

除了棉花　还是棉花
洁白的喜悦连着千万家

在大雪覆盖村庄之后
这自然的恩赐
绵软体贴　温暖天下
任它凛冽寒风刮

在九月的天山下
那一望无际的白花花
像苍天提前降下一场大雪
圣洁　喜悦　美丽无瑕

贯 贯 吉

同学　一见面
就如贯贯吉①
摆开的美食
是总也聊不完的
情谊　贯穿了遥远的
过去　现在
中间弄丢的部分
被一点一点拾起
全是新的
时间游离于话题之外

---

① 贯贯吉：餐厅名称。

不忍离去

谈不完的

都留待下次

"童鞋" 同学 哈

纯洁不带一点功利

世上稀有的物质

只有时间

可以读取 余味悠长

暗合某种天意

像极了一种美食

贯贯吉

贯穿一生的友谊

吉祥如意

走　向

在九月的尾巴梢上
缀着喜悦
那成熟的红红的苹果

移向它的脚步　却略显徘徊
冷雨平息的事物
在岁月的漩涡
打了一个哆嗦

天开云散馈赠的平和
减缓了一些激越
也许吧　日子就得这么过

一波三折之后
才可以吃到的那个糖果
向往已不急迫

看着漫天溃散的云朵
忽然觉得　一向
熟悉的颂歌就不必唱了

我要建一座词语的迷宫

秋分　秋分
散乱的石头　不愿聚拢
我建不成一个
词语的迷宫
就像果实离开枝头
各奔前程

玉米咧嘴　稻谷低沉
辣椒让山坡红了脸
棉花把自己堆积成白云

一想到　菊花盛开

悬着的心
——落地
我的兴奋
便冲散了阴云

一首诗在指尖跳动
浅薄的抒情
幻成色彩冰粉
秋分　秋分
我要借词语的石头
砌一座迷宫
藏起我的思绪

微风摇晃着草木的梦境

夜幕降临

天空的表演告一段落

晴光收走雨水

晚风吹散浮云

整天未出门的人

步道上脚步纷纷

低语的夜话接替了鸟鸣

团团白云滑过苍穹

一片片蓝　出现在头顶

偶有几颗星星眨着眼睛

像远逝的亲人

回眸之间投来无限深情
使你相信
希望仍在心中

清凉的风在树林里走动
为我们递上擦汗的手巾
灯光中轻晃的影子
自在而从容
这短暂的温情已够受用
像风轻轻摇晃着草木的梦境

我不是常绿乔木

仿佛要从深陷的
泥潭中拔出自己
在开裂的肉体中摆开战场
记忆与遗忘
互不相让
记忆在退化　遗忘在疯长
这颠倒的影像
执意要回到
一张白纸上

在风中高扬的　也必定
在风中消亡

从大地上起飞的　终会
落回到地上
哑默坐在歌唱的对面
是角色就会出场

我领略过那些奇异的花朵
肆意地开放
在山顶上播撒芬芳
而现在正走在下山的路上
正常　也不正常
犹如秋深了　叶子要发黄
但常绿乔木就不一样

无　　题

火焰的喉咙再大

相信　也吞不下一粒灰烬

一个故事到最后

都会不约而同地

发现那个神秘的甬道入口

所有人都一样

总希望富有

空无的美酒

招牌挂在时间渡口

说再见　其实永不再见

可怜的人们呀

只能在一粒尘埃中停留

并在风中行走
你根本不知　永世　是多久
抓住眼前那根稻草吧
平安　健康　快乐
时光转瞬即逝
大江奔流　永不须臾回头

安详的时光

太阳把最后一抹目光

安静地放到地上

人间的安详　你愿怎么想

就怎么想

孩子们欢乐的声浪

一忽儿在滑梯上

一忽儿在小河旁

老人们在长椅上

说着家短里长

下班的人走过树林

放弃了思想　目光看着前方

静静的草木　在微风里

轻轻摇晃

鸟雀不叫　虫子不唱

它们放弃的领地

越来越空旷

暮色在大地上堆积

而天空依然明亮

薄云浮动　凉风爽爽

灯盏次第亮起　睁开眼睛

引万物归航

坐在腹背锻炼器上

我写下这一天中最后的诗行

似送行　如挽留　若企望

悟

散漫的流水
被一只杯子舀起
就丢失了
自由的形象
一朵云偷窥到
这个秘密
匆匆离开
去远方流浪
风吹着万物奔忙
自由与约束
都是人间
强劲的翅膀

大 地 深 处

一滴雨　一滴雨
加快了秋天的进度
一片叶又一片叶　黄了
秋天就老了
一丝白发又一缕白发
一生就熟透了

冷雨染黄了树叶
黄叶催生白发
一场大雪就不远了
落叶返回泥土
而大地深处　谁不是哪个

隐姓埋名的人呢
秋风洒扫庭院　　正做着
一件腾笼换鸟的准备工作
天地因此而辽阔

乐在他乡有故知

一帮新疆人　聚在新疆风味餐厅
这是一次游戏
也是一次奇迹
在"天际线"的对面
在南京路的隔壁

烤包子　烤肉　抓饭
清炖羊肉　摆满一大桌
故乡味道　熟悉面孔
在暮年相聚
秃顶　白发　开在九月的菊花
话旧　叙新　举杯　拍照

兴奋地手舞足蹈

亲密如姐妹兄弟

每个人都是一个故乡

都有故乡的故事

倾诉　交流　释放

生逢盛世　流离无苦

故乡藏在心底

且把他乡作故乡

谈笑间　天地转　大江东去

风　夹带着的

风里总是夹带着一些东西

有时是温柔的梯子

有时是铁蒺藜

在它空空的腋窝下　不知道

到底都有什么

它总是忙于奔走投递

季节变换　冷暖交替

它传送苦乐　也投递悲喜

它没有古板的表情

总是生动活泼

偶尔发呆　之后便更加勇毅

像一个勤劳的快递小哥

脚不着地　奔走不息
而我们也是它投递的物品
但你并不知道
最终它要把我们
投递到何处
风里总是夹带着一些东西
它送来　也送去

映　照

万物以透明的身体
款待你
这是你对它的尊重
也是它对你的敬意
在你们互相赏识的目光里
你们融为一体
又各自独立

就像青青的草地上
一个幼童
在追逐一只蝴蝶
蝴蝶绕着她飞来飞去

并不飞走

仿佛蝴蝶在追逐幼童

她(它)们达成的默契

一种快乐的方式

进入你眼里

竟也使你忘了自己

直到她(它)们精疲力尽

你才恍然大悟

各自归去

云　朵

在黑暗对面　我的喜悦

是绽开的灿烂

先我打开的喉咙　鸟鸣

已替我表达兴奋

而我的沉默　是平静本身

遮掩已没必要

一切恰如其分

这是一个生命本来的样子

两手空空　被街景吸引

没有损失　没有占有

只与清风对等交换表情

只觉得被时间

一点点掏空　一身轻松
只对这个秋天
充满无限的深情　像云朵
悠悠地飘在
蓝色的天空

毛　驴

孩子们去了学校

家里一下子安静了许多

阳光斜照进来

看着尘埃一颗一颗

缓缓落下

忽然

想起那个老掉牙的故事

一个老人为救出

掉进枯井的毛驴

不停地往驴身上撒土

毛驴不停地抖动身体

如此

深井变浅
毛驴自己就爬出来了
想到这里
我不由自主地
抖了一下自己

光 阴 小 调

充足的阳光　一小片面包
喂养的日子
太阳般饱满　圆润
在树梢上　悠悠晃动

草木的绿　未改初心
鸟雀的歌　依然动听

与流水谈心　与影子相亲
一个人　面对落日
好心情
就是面色红润

期望不能更高了

在云雨的夹缝

弹拨一架心的风琴

便有白马驰过

草原的天籁之音

时光匆匆　八月已近尾声

九月　哪个陌生人

将领我们进门

郁闷或欢欣　皆须举杯畅饮

那是我们的光阴

在秋天的穹顶下

打压之后　热更怒火中烧
盛气凌人　这一刻
我将怎样告诉远方的亲人
短裤　背心　大汗淋漓

北方的棉桃　红红的嘴唇
急于开口吐出白云
南方的晚稻正郁郁葱葱
仿佛夏天还正年轻

天平总是不能居中
生命在它的斜坡上滚动

冷热　高低　轻重
都是一再被度量的人生

四季　以我们为器皿
传递流水的使命
而我们则在它的打磨中
修补裂纹　追求完整

我深陷于自己的宿命
你走向你广阔丰收田野中
一首诗起伏的韵律
就在这巨大的反差中完成

同一个太阳的不同面孔
被一片湖水收容
不断滑过镜面的明暗
高悬头顶　催时光转动

这一刻　我们在各自的远方
秋天的穹顶下
看着不同的云彩
洁白如棉　或一脸的乌青

路　上

一阵风
刮断了天空的琴弦
依墙而立的人
把自己投入道路中
热爱生活的人
风雨兼程

轮胎激起一片片水花
滴水的树叶
闪闪发亮
走出曲线的脚步
谁也不愿踩碎水洼里

一个完整天空

雨水淋湿的翅膀
还未及抖开自己的歌声
草叶擎举水珠
像举着一个个乾坤
小溪忽然打开的喉咙
说出了
喜悦的心声

由暗转亮的天空
期望的回应
生活　生命
铺向远方的路上
秋天　正以丰盈姿态
迎接我们
天蓝　云白　色彩缤纷

惊雷击碎残梦的早晨

滚木　落石　重卡翻沉
狼奔豕突　野马群受惊
踏破黎明　充斥早晨
延宕向白昼纵深的丛林
破裂声声　碎屑纷纷
一个个击中我的残梦
炸裂的脑壳里
注满了野马奔腾的蹄音

破裂　缝合　再破裂
残破的天空　扬起长鬃
一万只粗暴的蹄子

踏过大地胸口　颤栗的回声
似一场生死对决的战争
楼群沉默　草虫惊心
仿佛一场触及灵魂的革命
正在经过我的肉体
旧的垮塌　新的诞生
一个巨大转折
泾渭分明　在我体内形成

气压低沉　床板安稳
水流向东　朦胧中　隐约看到
狂热的花朵
面对冷峻的刀锋
已然溃不成军　大局已定
胜利者的旗帜
已经插在高高的山顶
收拾残局之后
将是另一番情形
秋高气爽　画图如锦

雨水与泪水

听母亲说
我呱呱坠地那日
我在哭泣
天在下雨

此后　几十年里
从未搞清
雨水与泪水
是何关系

天一下雨
我就想哭泣

我一哭泣
天就要下雨
仿佛它们从来就是
一对兄弟

而现在　已截然不同
一个人
心中晴朗　出门
也就是
多带件雨具

比如　今夜
雨在窗外走路
而我　躺在床上读诗
它与我
毫无关系

学 校 门 口

雨靴　雨披　雨伞
大人　小孩　车辆
田地　前后　左右
时间如此狭窄
目光亟待洞穿

这是一个跋涉的起点
这是一个岁月的燃点

起落　喧哗　聚散
被一场大雨浇灌
忍耐　坚定　勇敢

继往开来　不见不散

风雨在耳边细语
心中有起伏的波澜
眼前这一幅画面
是水墨晕染的奇观
像一朵花　开在人间

古老的敌意

早晨出门　草坪上

三五只麻雀　跳跃着

在那里捡食草籽

见我向它们走去时

突然停了下来

歪着头　黑黝黝的眼睛

滴溜溜地看着我

感觉自己惊扰到了

它们的美餐

慌忙向后退了几步

它们又开始捡食

当我从旁边绕过去时

它们还是呼啦啦地飞走了
那一刻　我愣怔了几秒
像是做了什么错事

想起小时候捕鸟的事
一场大雪之后　打麦场是
理想的捕鸟之地
先扫开一小片空地
用一根木棍支起一个簸箕
在下面撒下一些麦粒
在木棍上拴上一根细绳
躲在远处　待饥饿的麻雀
在下面争食时　一拉棍子
就会扣住几只
它们就成了饥饿年代
我们的美食
令我惊异的是　时隔多年
我早已不再做那些
伤天害理的事了　可它们
依旧对我
保持着古老的敌意

喜　　鹊

迷迷糊糊中听到

一只喜鹊　趴在窗口

使劲地叫

好像在唤我起来

好像有什么事

要告诉我　它叫得那么急切

我揉揉眼　仔细听时

它已飞走了　后来又睡着了

当我从梦中醒来

恍惚中　想起那叫声

从窗口向外看了一忽儿

一只鸟的影子也没有

只见明亮的阳光　正斜斜地
照着楼下的一片树林
透明的叶片在清风的翻动中
闪闪烁烁　一片安和

秋　　思

云朵　在搬运晴空

稻穗低头　天空

又高了几寸

北雁南飞　问不到你的音讯

从远方到远方

只能一次次　在心里

丈量山河的尺寸

从冬到春　从夏到秋

翻山越岭　只希望与你相逢

可每一次相见

只能在梦中

眼看着树叶疲惫

河水瘦身　成熟的果儿

摇晃在危险的风中

而你远方的脚步

还在云雾山中

流水匆匆　为何　那苦苦追寻

越来越远　飘忽不定

湖面似有一朵莲花在开放

每一滴水都是大海的母亲
每一粒沙都是地球的祖宗

想到这里　我就来了精神
再次睁圆了眺望的眼睛

我看到太阳正用四十五度斜角
往一片湖水中倾倒阳光

湖水则不遗余力　默默地
向周边草木分发灿烂心情

湖面似有一朵阳光的莲花
正在徐徐开放　　飘飘上升

而我则被莫名快乐所鼓动
如一滴水　　一粒沙　　乐在其中

这是一个明媚的早晨
清风在透明的树叶上弹琴

阴　　影

旷野没有阴影
它的光明磊落令人吃惊
那一天　怀着虔诚
携带影子　插足其中

寻寻觅觅　无处藏身
受不了阳光热吻
在眩晕中返回
栖身于一片苍郁的树林

从此　我对世界的认识
趋于公允　阴影

作为另一种恩泽
避免了你在光明中裸奔

浓密树叶搭起的凉棚
安置了一颗躁动的心
那一刻　我的影子
也似找到了久违的亲人

空 调 声 中

习惯几乎使我们忘了它的存在
除非被煎熬的
坐卧不宁
当它从体内伸出清凉的舌头
舔舐我们　　这时
肉体从红尘的躁动中平静下来

想起诗有何用的争论
答案不言自明
一首诗　　默不作声进入心灵
一个无处栖息的灵魂
便有了依凭

受到内外双重抚慰
你不再觉得一阵阵眩晕
在这个纷纭的世上
你站稳了脚跟　一念心经
万事便举重若轻

比　赛

执拗的小孙女
要与我来一场比赛
她写几页字
我交出一首诗
看窗外　太阳已偏西
我咬牙切齿
在纸上　摁不住一个字
噢　天呐
她已经开始检查作业了
不能认输　不能认输
我告诉自己
一切还可从头开始

当我写出这句
好像又回到了花季
那么多美妙词句　像花朵
要飞上花枝

晚　景

日复一日　时间的指针
旋转不停
剪裁我们的人生

不知不觉　剪掉了
青春　热血与豪情
如今正在剪裁
一个人的壮年与黄昏

我常常在镜子般的池水边
端详自己的面容
一阵风就吹得面目不清

岁月苍苍　没有谁
能叫停光阴锋利的剪刀
只希望　余生能剪出
一颗爱的心形　献给世人

新的一天　你好

明媚的阳光　再次向我问好
让我觉得
生命依旧蓬勃
生活依然美好

早晨醒来　有那么一会儿
在楼头愣怔
阳光在楼墙　树梢跳跃
心里的花就开了

尽管酷热仍将继续
我们仍将奔跑

这些已不算什么了
每一条路都呈现了
清晰的去向

轻柔的风　向我涌来
鸟鸣　虫吟　鸽子在楼群中翻飞
我的心也在祷告　平安　平静
新的一天　你好

火　烧　云

雨　　脱掉濡湿的外衣

火焰情绪高涨

盘踞在峰顶久久不去

天地都是它的领地

黑夜从大地升起

而成堆的火焰

仍在蓝盈盈的天空

徘徊游移

民谣云

天上火烧云　地上晒死人

想到这句

不免心头一震

此刻　暮色四合

红云往天边缓缓下沉

天心的蓝

深邃而空洞

不见一颗星

只有楼群次第睁开的眼睛

朦胧而温情

照着晚归的人

颂　歌

烈日炎炎　热浪滚滚
忽然被一片片树叶所感动

天空蔚蓝　火焰的毒箭
凶险且强劲
低头走动的人　傍着树荫
层层叠叠的树叶
浓荫　使人们得以藏身

一个人独自坐在阴凉下
摇着蒲扇　想到
在烈日下辛勤劳作的人们

心中就涌起
无限的感激之情

树叶呀　世界真的
不能缺少你们

俗　画　儿

漫长的白昼　咕嘟咕嘟
熬好了一壶黑茶
等　火中取栗的人
此时回家

赤膊上阵者
拿起一把利刃
命令西瓜开花

空调忍不住
吐出冰凉的舌头
规劝

烦躁者安静地坐下

灯盏用散开的金色长发
聚拢了一家
有说有笑
嘻嘻哈哈

空虚是万物的栖息之地

许多清晰存在的事物

并不构成真实

一上午　我在池边

树影里静坐　围拢过来的

楼群倒立　一片天

掉进水中　几条锦鲤

驾着云朵往来于天际

空虚在事物的反面留有充分余地

天地辽阔　生死倒置

都是时间的道具

我看见　一个老人在石头上

水中倒立　没有窒息

而相反　他的惬意
让时间的手脚安然垂立
互换了位置

第四辑

悠远的情思

喝酒的男人

喝酒的男人
谁没有一些故事呢

豪饮散场
他说没事的　挥挥手
但　一会儿就不见了
回头找时
他已经趴在鸡笼上睡着了
而外面正下着大雪

一次　鏖战正酣
他喝下一大杯后　还要再喝

劝他别喝了
他说我没醉
说完这句
就溜到桌子下面去了

最惨的一次
酒后住进宾馆
梦中抱着马桶唱歌
早晨醒来
发现全呕吐在被窝里了

这之后　他告诉我
要坚决戒酒了
三天后　我发现
他又在树槽子里趴着
旁边的一只狗也醉了

一周后　在街上碰到
自打圆场地说
酒　这辈子看来是戒不了了
让一个男人戒酒
难呀

再后来　他可真的就戒了
一次酒后
随流水去黑山头安了家
在那里
酒鬼都是不喝酒的

梦醒后又落入梦中

梦醒在八月的一个早晨
鸟鸣点缀着记忆的绿草坪

我在梦的边缘重复梦境
默默又走了一遍自己的人生

我发现这个笼子天衣无缝
盛不住也漏不掉南北西东

倾心的事情总是一事无成
无意间得到的却跟随一生

明亮的暗淡都在瞬间完成
越擦越浑浊的是一双眼睛

风急火燎得到的都是灰烬
漫不经心看到的却是风景

一次次从梦里睁开眼睛
世界从来　没有什么不同

台风过境　后面还有台风
往后啊　梦不醒我绝不起身

月 亮 吟

月亮在云中　一块疤痕
今夜是谁的伤痛

累累伤痕　不用证明
有情与无情在别人口中

有云无云都在天心
半轮一轮并不影响完整

冰冷一生担负多少使命
自己并不知晓暗恋的人

既然是一颗卫星

就不离不弃　　天命谁能不认

转动吧　　跟随地球的行程

明明暗暗　　畅游天空

爱

亲爱的　在人世
我根本就无法稳住自己

树一摇晃　我就摇晃
花一开放　我就开放
天一下雨　我就流泪
草一结霜　我就觉出冰凉

亲爱的　这世界呀
无论怎样　全在我心上

每 一 天

每一天　都是一朵花
一朵山茶花
开在路旁
摇曳在风中
平常又独特

每一天　都是一个人
与你狭路相逢
还是两条腿
一张面孔
熟悉又陌生

每一天　都有一个晨昏
晴朗或阴雨
穿过短暂的人生
快乐又苦痛

每一天　都脚步匆匆
黑白交替
日子在生活中演进
平淡亦隆重

树叶挤落了树叶

从树下走过
一片树叶飘落我头上
抬眼看了看
并未发现什么
侧耳静听
只有新叶生长的声音
艰难地挣脱了束缚
惊动一枚黄叶
这时　一缕风吹来
又有一些叶子飘落
静静的树林里
风知道发生的一切

信　天　游

我的八月没有忧愁
泪水停止在七月的尽头

我的八月是一杯美酒
甜蜜的果实挂满低矮枝头

我的八月是一条舒缓河流
琴韵中弹拨着白云悠悠

我的八月是一幅惊艳图画
成熟的歌声飘过广袤田畴

我的八月是一首缠绵情歌
山河无恙　是无边的锦绣

我的八月阳光一片灿烂
它静静地照亮我幽暗心头

这是爱着的状况

在丛林的迷雾中
一次次走失
又一次次在一朵花前
在它带刺的芳香里
找回滴血的自己

疲惫　落寞　无趣　孤寂
一层层涌起
从中长起
它们埋不住我
凭着强大的内生力

我一次次斟满自己的苦杯
为尘世令人着迷的诡计
不惜一醉
并以此抚摸柔软的内心
用其光芒
达致自足的主题

风雨在体外呼啸而过
我日复一日地
把那些甜蜜的词汇
种在宁静平和的心底
像一首小诗
在风中
轻轻摇曳

那一条遥远的河流

一条河在远方滚滚流淌

两岸茂密的荒草

遮不住大地的忧伤

七月流火中

泥沙俱下

澎湃的激情

击溃了我青春的堤防

漫长时节却河道干涸

飞扬的尘土

在狂风中回旋

令人绝望

眺望的目光
因此浑浊而迷茫

寒冬来临
冰雪封住河床
死寂在疯狂生长
垃圾肆意倾倒
只有转场牛羊落寞的蹄印
凌乱而苍凉

如今半生已过
身在异乡
它仍在我心中流淌
流淌着曾经的
恍惚　迷茫与沧桑
像一道难以平复的忧伤

这 些 年

从北方到南方　往来奔走
放弃了很多　也学会了许多

大块吃肉　大碗喝酒
五马长枪　一醉方休
已不再涛声依旧
常举着眼珠大的酒杯
晃悠半晌才抿一小口
小媳妇一般娇羞

这些年　学会了
桃子一次只买一个

西瓜一次只买半块
肉一次只割二两
一根小葱　两根香菜
也要到菜场遛一遛

如今
出门带一把雨伞
水瓶　扇子不离手
再没有风风火火
屁股插蜡的时侯
晃晃悠悠地走路
挤过陌生人流
也不用回头

把天山换成了大海
虎啸　狼吼
换成鸟鸣池边树
推石头上山
换成推日头下山
长发理短
短发理成光头

耳中充盈着你侬我侬

大风不再刮过黄土高坡

眼中的花草

替换了挺拔的青松与白杨

甜淡　改变着酸辣咸的胃口

这些年

在岁月里泛舟

往事难回首

但青山还依旧

乐　　园

明日之前
只有今天是我们的乐园

我们义无反顾
从遥远的地方奔腾而来
却受到两面夹击

昨天在我们身后
迅速断裂
不给我们以立锥之地

而明天则虚影迷离

永远攀不上去

日子不断给我们以鞭击
使之旋转于狭窄之地

只有借助穿墙术
羽化而飘逸进入无人之地

今天
欢喜或哭泣
都是最好的
须珍惜

弹拨琴弦祝流年

高楼峨冠　谁惧怕惊涛拍岸
水煮江南　淹不死苍翠稻田
我有贫屋两间　只能以心作岸

天河下灌　街市摇撼
惊雷震荡　闪电挥鞭
我伸开干瘪双臂
紧搂着我的人间

地有宏阔的沉默　我有坚韧的信念
我们相携相伴　走过泥泞苦难
水归大海浩瀚　心驰穹顶蔚蓝

到那时

青山妩媚　江河安澜

孤帆远影　情寄无限

须晴日

和风拂绿　鸟唱鱼欢

树影婆娑　悠乐安闲

歌声起处　岁月不惊人少年

舞步飞旋　青松不老耐岁寒

花开河岸　鸽群往返

一壶老酒仰天醉

但凭黑白空自旋

哦　我坠入了爱河

不要说老了
哦　我已坠入了爱河

曾经　只追求闪耀与巍峨
远方的不可捉摸
现在　就截然不同了
我的爱　细碎又庞杂

就像扫帚喜欢尘埃
拖把爱上地板
锅碗的响动要拉上瓢盆
一起唱起来

大手牵着小手
不怕暴雨从头上浇下来
一想到美好
花就开了

是的　我真的在恋爱
全心全意地爱
手中的玫瑰
殷勤地献给未来

可信任的　只有今天

昨天

我们还满怀激情地谈到明天

仿佛一到明天

苦难命运就会改变

可是梦里归来

昨天希望的那个明天

依然阴雨绵绵

昨天期盼的明天

又一次被偷换到了今天

而今天总是风雨无边

这使我觉得明天与我无关

无论是晴天或阴雨

短暂的一生
可信任的也只有今天
抓住它吧
幸福或苦难
只有这一天

题　照

眼睛还在看那一张靓丽面容

不知不觉

你已经走了很远的一程

但我的眼眸

还在那里

替我照看着

那份美丽　真纯

其实　那时我们并未相逢

这时间的漏洞呀

漏掉了今生多少美梦

如今　那拔不出的目光也在老去

但你那一刹那的闪亮

却照亮了我困顿的一生

而你至今并不知情

当岁月远逝

琐屑的生活

在轻描淡写中

渐渐定格在平静的辽阔

我只觉得

你潇洒鲜艳的从容

岁月已无法撼动

在我心中

那是一个永远的春天

芬芳迷人

当岁月远逝

夕阳缓缓下落
大海漾动的涟漪铺满金色
小船儿悠悠荡荡
正与暮色融合
多好啊

回想我短暂空白的一生
从未握住过什么
功名　利禄　成败
得失　爱恨　情仇
都如大风从高坡吹过
除了脸颊上的千山万壑

承载深邃　自信　快乐
我庆幸我从未占有过什么

此刻站在青青的山坡上
晚风轻拂着满头白雪
鸟雀有归巢的缄默
孑虫有聚合的欢乐
小溪弹拨着不倦的弦歌
繁星点燃的夜色
静静地覆盖了万物
暗滋的梦幻在涅槃中摇曳
噢　多好啊　轮回的磅礴
正在穿越一条时光的暗河

美 好 时 光

树木牵着自己的影子走动
树叶在窃窃私语
偶尔还互碰一下嘴唇
像兴奋地抖动
在我的头顶

我的影子混在那些影子当中
好像它们并不陌生
交错加重的阴影部分
像是同一个人
从别处来到了这个早晨

过去的苦痛我已不记得它们
而未来的耳语
我并不愿意聆听

一个人摇着小扇子
坐在一块石头上
知道此刻谈论幸福
并不是一件恰当的事情

但幸福有空气制作的形状
它从不曾被任何人拥有
它在自己的时间里凭意愿而到来

我微闭着眼睛
感觉着清新温软的风
在缓缓流动

"七一"颂

陨石与岩石频繁摩擦
击打出火种
掉入庞大的黑夜之中
风暴雷霆压顶
依然星火燎原
照亮了整个漆黑夜空

铁锤与镰刀联盟
敲打出一片朗朗乾坤
麦子丰收
拯救了天下受苦人

风云际会　电火交迸

淬炼出一颗

永不褪色的初心

在二十一世纪的天空下

光华灿烂　照耀大地

一片古老神州

因此山河壮丽　蓬勃而恢宏

神 驰 苍 穹

雨又一次封堵了向往之门

我像一只蚯蚓

爬出泥土

寻找氧气得以偷生

分行的文字伸出新鲜枝条

迷住了眼睛

朋友圈的田园适宜耕耘

葱茏的诗意

可娱目可娱心

避开头顶的肆意泄愤

飘然不群的灵魂

用云雀飞翔的姿势破雾穿云

我一生踏过无数泥泞

水火交并熔铸的秉性

像巉岩风雨不惊

穿墙术谁都会用

暗度陈仓有诸多可能

纵然大海汹涌

一颗平静辽阔的心

足以容得下百载风雨过境

当你驾着诗意翅膀

仰观天象变幻

俯瞰人世悲欢

怅寥廓　茫苍苍　恍然如梦

霎时蜕变成万般风情

一股浩然清风驱散滚滚红尘

身在凡尘心驰神境

弃万世如敝屣

拎宇宙以驰奔

身外纷纭

灵魂清平

但凭转轮

地暗天昏

快哉乐哉

风雨不惊

启　动

早晨铺开的灰色天空
悬妙地沉静
草木一动不动
夹杂几声鸟鸣
我趴在栏杆上
朝下看了一眼
小河还那么明净
进入其中的事物
都被它抱在怀中
锦鲤在天空中游动
与飞鸟比拼
我不敢出声

此刻我听到万物

正通过我的耳朵

轰响着跑步进入其中

在它的底层

传来粗大齿轮

拉紧链条转动的响声

仿佛世界

正经由我的心一步步启动

并开始向远方艰难地前进

后　记

　　收入这本诗集的作品,是我在过去几年中创作的。整理它们又使我仿佛穿越时光隧道,回到了曾经的岁月。这是我退休后回眸历程的见证,也是对我心灵世界的一次洗礼和规整。

　　新疆,这片雄奇而辽阔的土地,承载着我无数的记忆和情感。沙湾是我的故乡,是我生活了几十年的地方,也是我的心灵之源。可以这么说,这本诗集是我的一部热爱之书,它记录了我对新疆这片土地的深情厚谊。在这片热土上,我感受到祖国的伟大和人民的奋斗精神。我用诗歌来表达对家乡的眷恋、对自然的赞美、对生活的思考。在创作中,倾注了巨大热情,也重新认识了自己,深刻体会诗歌的力量和魅力。

　　希望读者们能够从这些诗歌,感受到我对新疆的热爱,同时也能够激发读者朋友们对祖国、对家乡的热烈情感。让我们一同在诗中,感受新疆大地的壮美与宁静,共同品味生活的诗意和美好。

当然,本书在整理、编辑过程中,离不开诗友的鼓励与支持,编辑付出的辛劳与汗水,在此一并表示感谢。

2023年11月21日于沙湾